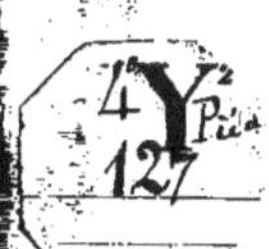

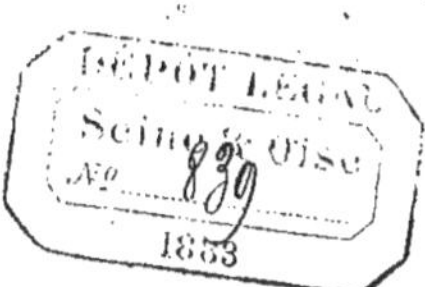

JEANNOT

CONTE INÉDIT

PARIS

LIBRAIRIE FURNE

JOUVET ET Cⁱᵉ, ÉDITEURS

5, RUE PALATINE

M DCCC LXXXIV

JEANNOT

CONTE INÉDIT

---

*
* *

Il y avait une fois, au village de Gros-Mont, un petit paysan qui s'appelait Jeannot, et qui était le plus drôle de corps qu'on pût voir.

Il suffisait de le regarder, pour être sûr que ce n'était pas lui qui avait inventé la poudre, ni davantage les moulins à vent, ni encore moins les vélocipèdes.

La vérité est que le pauvret eût été incapable d'inventer quoi que ce fût, même par mégarde, et si les grenouilles n'avaient pas de queue, ce n'était pas sa faute, je vous le jure.

*
* *

Sa profonde innocence ne l'empêchait pas de se croire le garçon le plus fin et le plus déluré qu'il y eût au village, et sans doute aussi dans le monde entier.

Son sourire vous disait clairement : Vous savez, je ne suis pas manchot, — ou : Un manchot et moi, ça fait deux, — ou : Ce n'est pas à moi qu'on en conte.

Et pour ceux qui aiment les figures épanouies, c'était tout plaisir que de contempler sa bonne face de pleine lune où jamais ne passait l'ombre d'un nuage.

*
* *

Un jour qu'il s'était levé plus guilleret encore que de coutume, une idée lui traversa la cervelle. C'était, je pense, accidentellement qu'une idée traversait la cervelle de Jeannot ; aussi l'arrêta-t-il au passage.

Il aborda donc sa mère et lui dit :

— Mère, j'ai envie de voyager. Un gaillard tel que moi n'est pas fait pour moisir sur pied comme un chou qu'on oublie de couper. Je m'en vais donc courir un peu le monde. Dès que je serai riche, je reviendrai.

La bonne femme lui donna sa bénédiction, — c'était le seul bien dont elle pût disposer, — et Jeannot, retroussant le bas de son pantalon, se mit en route sans autres apprêts.

*
* *

Après diverses pérégrinations, il finit par trouver un bourgeois qui l'engagea à son service. C'était un riche et brave homme, chez lequel Jeannot resta sept années, comme autrefois Jacob chez Laban, accomplissant fidèlement sa tâche, avec la belle humeur que l'on sait.

Un matin pourtant, pris du mal du pays, il dit à son maître :

— Maître, seriez-vous assez bon de me payer mes gages ? Je désire retourner chez moi, voir ce que devient ma bonne mère.

— Très volontiers, mon cher garçon, répondit le bourgeois. Je n'ai eu toujours qu'à me louer de toi, et j'entends te récompenser comme il faut. Prends ce lingot d'or, il est à toi.

*
* *

Le lingot était presque aussi gros que la tête de Jeannot, laquelle avait, à peu de chose près, les dimensions d'une superbe citrouille.

Le gars, qui n'avait jamais vu autant d'or d'une seule pièce, fut ravi de la gratification. Il remercia sincèrement son maître, et, chargeant le lingot sur son épaule, il partit à pied, comme il était venu.

*
* *

Quel retour triomphal il se promettait au village ! C'était à présent que tous allaient voir que le sieur Jeannot n'était pas manchot.

Cependant, on était en été, et les rayons du soleil piquaient ferme. Baigné de sueur, haletant sous le faix, Jeannot ne tarda pas à trouver que son lingot d'or le gênait un peu.

Il avait beau le changer d'épaule, cela n'en diminuait pas la lourdeur. A gauche comme à droite, à droite comme à gauche, le poids y était.

Un moment, il le mit sur sa tête ; mais, si dure que fût la tête de Jeannot, le lingot était plus dur encore, et, dans cette lutte d'opiniâtreté, ce fut la tête qui demanda grâce.

*
* *

Pour surcroît, le chemin était raboteux. A chaque instant, le pied du gars trébuchait, et toutes les fois que son pied trébuchait, sa personne entière menaçait de s'abattre, et ses yeux en voyaient cent fusées.

A plusieurs reprises, en homme avisé, il déposa son lingot par terre, afin de souffler ; mais, quand ensuite il le reprenait, — expliquez-moi la chose, s'il vous plaît, — le poids lui semblait accru d'un quintal.

— Oh ! se disait le pauvret tout fourbu, de ce train-là, je n'arriverai jamais, j'en ai peur.

*
* *

Soudain, un beau cavalier apparut tout flambant au détour de la route.

Son manteau lui flottait librement à l'épaule, et sa monture, richement harnachée, trottait d'un pas allègre et relevé.

A sa vue, Jeannot, émerveillé, s'arrêta.

Que ceux-là sont heureux, pensa-t-il, qui ont un cheval pour les porter ! sans compter qu'ils n'usent pas leurs souliers.

L'homme fit halte aussi de son côté, en apercevant ce singulier piéton.

*
* *

— Holà ! cria-t-il, où vas-tu comme cela ? Tu ressembles, ma foi, à un escargot traînant sa coquille... Une coquille en or, excusez du peu !

Jeannot, qui ne pouvait pas même tourner la tête et semblait avoir une tringle dans le dos, répondit à celui qui l'interpellait :

— Moquez-vous de moi, cela vous est facile, du haut de vos étriers luisants... Aïe ! je n'en puis plus !

Et, pour mieux prouver ce qu'il avançait, il laissa tomber brusquement son lingot au milieu de la poussière du chemin.

*
* *

— Au diable la charge ! s'écria-t-il. Un homme, après tout, n'est pas un mulet !

— Ce n'est pourtant pas lourd, ce que tu portes là, reprit l'homme en descendant de cheval.

— Oui, oui, raillez toujours ! Je voudrais bien vous voir à ma place, riposta Jeannot en s'essuyant le front, et en s'asseyant sans façon sur son morceau d'or.

— A ta place, mon garçon ? mais je suis prêt à m'y mettre... A propos, comment trouves-tu mon cheval ?

— Oh ! magnifique, répondit l'autre. Quel plaisir j'aurais à galoper sur une bête pareille !

— Eh bien, veux-tu faire un échange entre nous ? Donne-moi ton lingot, je te cède mon cheval.

*
* *

La figure de Jeannot s'illumina.

— Quoi ! fit-il, vous consentiriez ?...

— De tout mon cœur, pour peu que tu le désires.

Jeannot s'approcha tout ravi de l'étranger.

— Tope là ! s'écria-t-il, en lui frappant vigoureusement dans la main ; c'est une affaire faite.

Et il essaya d'enfourcher l'animal.

Le cavalier, s'apercevant qu'il était aussi novice qu'on peut l'être quand on n'a, de sa vie, touché un cheval, l'aida à se hisser sur la selle ; puis il lui mit les rênes dans la main.

— Maintenant, fit-il, bon voyage ! Tu n'as qu'à claquer de la langue et à faire : hope ! hope ! pour que ton coursier aille un train d'enfer.

Il dit, et ramassant bien vite le lingot, sans paraître s'inquiéter de son poids, il fila au pas accéléré.

Il craignait peut-être que Jeannot ne se repentît du marché.

*
* *

Mais Jeannot était déjà loin, tout à la joie et à l'orgueil de chevaucher sur sa belle monture.

Les sabots du fringant animal faisaient jaillir des cailloux de la route mille phosphorescences étincelantes. Les arbres fuyaient à droite et à gauche dans une sorte de défilé fantastique.

En moins de quelques minutes, bien que l'animal n'allât qu'au trot,

Jeannot eut fait plus de chemin qu'il n'en avait parcouru en deux heures dans sa marche de tortue.

* * *

Quel heureux gaillard il était, tout de même, et quel brave homme que cet étranger !

Je vous demande un peu ce qu'on eût pensé de lui, Jeannot, au pays, s'il y fût reparu en rampant, à la manière du colimaçon qui succombe sous le poids de sa carapace et dont on n'aperçoit que les cornes ?

Au lieu que maintenant ! ah ! maintenant, c'était du coup que les gens de là-bas, en le voyant arriver ventre à terre sur ce noble et fougueux coursier, allaient avoir une haute idée de sa personne et s'extasier sur son savoir-faire.

Sa bonne mère peut-être refusera d'en croire tout d'abord ses yeux. — Mais oui, pourtant, c'est bien mon Jeannot ! s'écriera-t-elle enfin en le reconnaissant.

Et lui de descendre majestueusement de sa monture, d'en jeter la bride à un galopin, et de saluer tout le monde accouru à la ronde.

* * *

A cette idée, l'écuyer, transporté, crut devoir accélérer l'allure de sa bête de la façon que l'homme lui avait dit.

Il se mit donc à claquer de la langue et à crier coup sur coup : hope ! hope !

L'animal ne se le fit pas dire deux fois ; immédiatement, il prit le galop, en secouant Jeannot comme un sac de noix.

Mais, à peine eût-il fait quelques enjambées, qu'il se rencontra sur la route une grosse pierre.

*
* *

En bonne règle, cela est certain, cette pierre n'eût pas dû se trouver là. Les chaussées ne sont pas faites pour servir de reposoir à des moellons deux fois gros comme ma tête, et je ne sais de quoi s'occupait le cantonnier, de n'avoir point mis ordre à la chose.

C'était sans doute un de ces farceurs qui, sous prétexte qu'il y a de la poussière, s'en vont s'humecter le gosier à l'auberge, sans plus songer que, dans le même moment, de beaux cavaliers tels que le sieur Jeannot peuvent passer comme un éclair sur la route.

Ou bien encore, — je vous le donne à choisir — c'était peut-être un de ces fainéants qui s'autorisent de ce qu'il fait chaud au soleil pour s'endormir à l'ombre d'une haie, sans plus se soucier des pauvres diables qui, pendant ce temps-là, roulent en carrosse, et dont le carrosse risque de se butter contre des objets que lui, le cantonnier, il a pour mission expresse d'éloigner.

*
* *

Toujours est-il que le cheval de Jeannot eut.peur de cet intrus de rocher qui se prélassait au milieu du chemin ; puis, ayant peur, il fit un écart, ce qui fut cause que Jeannot, de son côté, fit quelque chose de pis qu'un écart.

En effet, au lieu de serrer la bride — genre d'exercice auquel d'ailleurs il s'entendait comme à jouer du fifre, — il lâcha au contraire tout ce qu'il en tenait, et, patatra ! le voilà par terre, au rebord du fossé.

Le cheval, aussi enchanté d'être débarrassé de Jeannot que Jeannot l'avait été tout à l'heure d'être débarrassé du lingot, continua son petit chemin en flânant.

Quant au malencontreux écuyer, il resta d'abord étalé tout de son long, sans plus donner signe de vie qu'une souche.

*
* *

Ce n'était cependant pas un homme mort, et, quoique sa carcasse lui fît quelque mal, il n'y avait, au fond, rien de cassé ni même de fêlé dans son ossature.

L'unique victime de la catastrophe, c'était un grillon que ledit Jeannot avait écrasé de son poids en tombant. Ne faut-il pas que toujours, ici-bas, les petits pâtissent des sottises des grands?

* * *

Après s'être tâté comme il faut, notre ami se mit en devoir de se relever en geignant; mais, à ce moment, apparut sur la route un jeune paysan menant une vache à la longe.

Celui-ci avait rencontré le cheval, et comme il n'admettait pas que les bêtes vagabondassent au petit bonheur sur les chemins, il s'était hâté de lui saisir la bride, et de l'attacher au revers du fossé.

A la vue de Jeannot accroupi par terre, le malin comprit qu'entre ce cheval qui s'en allait trottinant à vide et ce cavalier qui, pour le moment, n'avait plus d'autre monture qu'une touffe d'herbes, il avait dû exister antérieurement des relations d'une nature plus étroite.

Il interpella donc Jeannot et lui dit :

* * *

— Tu t'es laissé désarçonner, mon garçon? C'est comme cela qu'on se blesse quelquefois.

— Ce n'est rien, fit l'autre, tout déconfit, en recommençant à se frotter les côtes.

— Veux-tu que je t'aide à remonter sur ta bête?

— Merci bien, répondit Jeannot. J'en ai assez de ces rosses ombrageuses, qui, pour un rien, font des sauts de carpe, et vous envoient, cul par-dessus tête, becqueter les tas de cailloux du chemin.

Parle-moi d'un animal d'humeur douce et docile comme celui que tu tiens. A la bonne heure! Voilà ce que j'aime.

Ça marche tranquillement derrière vous, ça s'arrête quand vous le voulez, et jamais ça ne prend le mors aux dents...

Sans compter que, chaque jour, ça vous donne du lait, et que, de ce lait, on fait du beurre, du fromage, que sais-je, moi?

Ah! mon ami, tu es bien heureux de n'avoir pas de cheval et d'avoir une vache! conclut Jeannot avec un soupir.

*

— Mais, mon garçon, repartit le paysan, un petit fûté qui savait le prix du beurre, si ma vache te plaît à ce point, ne te gêne pas. Je suis prêt, si tu le souhaites, à la troquer contre ton cheval.

— Vrai? tu ne plaisantes pas? répliqua Jeannot, qui déjà ne se sentait pas de joie.

— Pas le moins du monde, mon ami, du moment que cela peut t'être agréable...

— Je te prends au mot; affaire conclue, se hâta de dire l'autre.

— Le jeune paysan, sans plus se faire prier, jeta la longe qu'il tenait à Jeannot, et enfourchant lestement le dada, il disparut au triple galop.

*
* *

— Quelle chance j'ai! se dit Jeannot, quand le gars fut parti. A peine ai-je envie d'une chose, que l'on s'empresse de me l'accorder. Il est vrai que je ne suis pas manchot...

Il se redressa avec un sourire.

— Je ne sais vraiment pas, continua-t-il, où j'avais l'idée de vouloir m'embarrasser d'un cheval, qui n'est bon qu'à manger du foin et à ruer, au lieu qu'une vache, si elle mange du foin, vous le rend, comme chacun sait, au centuple. On n'a qu'à prendre la peine de la traire.

A-t-on soif? vite, une jatte de lait. A-t-on faim? Un morceau de pain et le beurre de la baratte vous suffisent. Que peut-on désirer de plus en ce monde?

Sois tranquille, ma bonne mère; ton Jeannot, sans faire d'embarras, te rapporte de quoi te régaler le reste de tes jours.

*
* *

Et il considérait avec complaisance l'animal cornu qu'il venait d'acquérir.

— Une bête superbe! se dit-il, et ce paysan est vraiment bien naïf... Mais, après tout, chacun pour soi!

Sur ce mot, il se remit en route, suivi de sa taciturne compagne, qui ne semblait nullement s'inquiéter que la longe fût tenue par Pierre ou par Jean.

*
* *

Après avoir marché ainsi quelque temps, Jeannot aperçut une auberge. Cette vue lui rappela qu'il n'avait pas déjeuné.

Attacher la vache à la porte, entrer dans la salle, se faire servir, ce fut pour lui l'affaire d'un instant.

Et même, pendant qu'il était en train, il but et mangea d'un tel appétit que ses quelques sous de reste y passèrent. Mais cela ne le tourmentait nullement. N'avait-il pas désormais sa vache, qui l'exemptait de tout souci d'argent?

* *

Donc, le voilà reparti, le ventre plein et l'âme ravie, pour le village qui l'avait vu naître.

Quant à la vache, toujours en laisse, je ne saurais vous dire exactement de quelle couleur étaient ses pensées.

Peut-être Jeannot, en l'interrogeant, eût-il pu en découvrir quelque chose ; mais c'est ce dont ne se soucient guère d'habitude ceux qui mènent les ruminants à la longe.

Les choses en sont-elles mieux pour cela ? Je ne le crois pas, en ce qui me concerne ; mais, suffit, revenons à notre héros.

* *

La journée était de plus en plus chaude, et Jeannot n'était pas encore près d'arriver.

Le pis, c'était qu'il lui fallait traverser une plaine de près d'une lieue de long où il n'y avait pas beaucoup d'ombre.

Le pauvre bouvier suait à grosses gouttes, et sa langue lui collait au palais.

La vache semblait en avoir assez, elle aussi, de cette promenade par le grand soleil, et elle commençait à se faire tirer plus qu'il ne convient à un être à cornes qui a, par dessus le marché, le pied fourchu. Aussi Jeannot était-il fort chagrin.

De cabaret, pas la moindre apparence, et les cabarets eussent-ils pullulé comme des champignons le long du chemin, que Jeannot n'eût pas été plus avancé, attendu qu'il n'avait plus rien en poche.

*
* *

La soif néanmoins le tourmentait fort, et il se sentait sur le point de défaillir.

Tout à coup, il se frappa le front :

— Que je suis donc niais ! s'écria-t-il. Je suis comme un rat qui se laisserait crever d'inanition dans un sac de grain... Mais, puisque tu as soif, Jeannot, mon ami, trais-moi ta vache ; tu auras du lait.

Aussitôt dit, aussitôt fait. Le garçon attache l'animal à une souche ; en guise de seau, il tend sa casquette, et le voilà en posture.

*
* *

Mais il a beau faire, pas une goutte de lait ne vient.

— C'est singulier ! se dit-il. Je ne m'y prends sans doute pas comme il faut.

Et il essaye de s'y prendre mieux, c'est-à-dire de toutes les façons possibles et impossibles, si bien que la vache, impatientée, se met à trépigner, et, pour le punir de son insistance, lui détache un tel coup de pied, que l'infortuné trayeur roule à terre, ne sachant plus s'il fait jour ou nuit.

*
* *

Juste à ce moment, vient à passer sur la route un boucher menant au bout d'une corde un cochon.

Il s'approche de Jean, qui était demeuré étendu comme un veau sous le derrière de la vache, et, tout en l'aidant à se relever, il s'enquiert de ce qui vient d'arriver.

L'autre lui narre la chose, avec ses tenants et aboutissants, et se met ensuite à se lamenter.

— Jésus-Maria! quel coup de maillet! J'en ai vu des milliards d'étincelles! Êtes-vous bien sûr, puisque vous êtes là, que je n'ai rien de désarticulé?

*
* *

L'homme examina le nœud de l'encolure à Jeannot, et le rassura, en fort bons termes, sur les suites; puis, tirant une gourde de son sac :

— Tiens, mon pauvre garçon, reprit-il, bois-moi un petit coup pour te remettre.

Jeannot avala une gorgée de liquide.

— Hein? cela ragaillardit! lui dit le boucher en clignant de l'œil. De ce breuvage-là, vois-tu bien, les mamelles des vaches n'en donnent pas.

Mais, à propos, ajouta-t-il, en examinant de plus près le ruminant, voilà une bête que tu pourrais traire jusqu'à demain avant qu'elle te donne une goutte de lait.

— Comment cela?

— Parbleu! c'est une vieille, vieille vache qui n'est plus bonne que pour l'abattoir.

*
* *

— Ah! mon Dieu! qui eût pu se douter de cela? s'écria Jeannot en se prenant une poignée de cheveux.

— Et encore, poursuivit le boucher, on n'en tirera pas un fameux rôti, car elle est bien maigre et bien éreintée, ta pécore!

— Peuh! fit Jeannot, je n'en voudrais pas moi-même pour un pot-au-feu. De la viande qui n'aurait pas de goût! Ah! si j'avais un beau cochon comme le vôtre! ce serait une tout autre affaire.

Il se passa la langue sur les lèvres.

— Le bon lard, les fameuses saucisses, l'excellent boudin! Et je raffole justement du boudin, des saucisses et du lard! Malheureusement, acheva-t-il avec un soupir, ma vache n'est pas un cochon!

*
* *

Le boucher l'écoutait avec intérêt. On voyait que ce n'était pas un de ces hommes qui ne pensent du matin au soir qu'à eux-mêmes, et laisseraient le prochain trépasser dix fois, plutôt que de remuer le bout du petit doigt.

Il le prouva bien du reste en disant :

— Voyons, mon garçon, ne te désole pas. Je ne suis pas, sache-le, un de ces pingres qui écorchent une puce pour en prendre la peau, et quand il s'agit d'obliger un ami, je n'y regarde pas.

Oui ou non, mon cochon te plaît-il? Réponds sans détour.

— Pouvez-vous me faire une pareille question? dit Jeannot, à demi suffoqué par la joie.

— Eh bien! je te l'échange contre ta vache.

— Accepté! accepté! cria le gars.

*
* *

Jeannot sauta sur la corde à laquelle Dom Pourceau était attaché ; puis, comme s'il eût eu peur à son tour que le boucher ne vînt à changer d'idée, il prit le large avec son butin.

— C'est égal, songeait-il à part lui, je commence à croire que je suis né coiffé. De chacun de mes embarras je tire immédiatement avantage.

Ma bonne mère, je ne te dis que cela, attends-toi, cet hiver, à de fameux jambons !

*
* *

Comme il se forgeait cette félicité, il entendit marcher précipitamment derrière lui.

C'était un villageois du hameau d'à côté qui tenait sous son bras une oie blanche, la plus grasse et la plus belle qu'on pût voir.

— Hé ! l'ami ! cria le nouveau venu, où vas-tu comme cela ?

— A Gros-Mont, répliqua Jeannot en se retournant.

— Eh bien, je t'accompagne un bout de chemin. On s'ennuie moins quand on est à deux.

Et voilà nos compères marchant côte à côte, l'un tirant son porc, l'autre tenant son oie.

*
* *

Naturellement Jeannot raconta à son compagnon tout ce qui lui était arrivé depuis le matin, et cette série de chances merveilleuses, qui était chose inouïe sous le soleil, faisait-il observer en se rengorgeant.

L'autre, qui reconnut tout de suite à quel paroissien il avait affaire, résolut de tirer, à son tour, profit de la rencontre.

— Ton cochon promet de beaux lardons, ce n'est pas moi qui te dirai le contraire, reprit-il quand Jeannot eut fini de parler ; mais comment trouves-tu le volatile que voilà ?

Il éleva l'oie en l'air par les ailes, et pria son ami de la soupeser.

*
* *

— Hein ! fit-il, est-ce assez en chair ? Il est vrai que, depuis six semaines, on l'engraisse, on l'empâte, on la gave, que c'en est scandaleux. Elle est destinée à un repas de noce... Quel régal pour ceux qui s'en partageront les morceaux !

— Ma foi, je préfère encore mon cochon, répondit Jeannot d'un petit air entendu.

L'autre parut réfléchir un instant ; puis, prenant une mine tout à fait sérieuse, et jetant un regard inquiet sur les alentours :

— Ton cochon ! fit-il, tu dis *ton cochon?*

— Sans doute, *mon cochon*, répondit Jean, d'une voix déjà un peu moins assurée.

*
* *

Le villageois se rapprocha d'un air mystérieux.

— Écoute, dit-il, je crains que tu n'aies sur les bras une fâcheuse affaire.

— Que veux-tu dire?

— Voici la chose en deux mots. Pas plus tard qu'hier on a volé au village ci-près le cochon du maire, et je parierais que c'est celui-ci... Il lui ressemble depuis le bout du groin jusqu'à l'extrémité de la queue.

Le larron n'ignore pas que les gendarmes sont à ses trousses, et, pour se débarrasser de l'objet, il n'a rien trouvé de mieux que de te le repasser... C'est un vilain tour qu'il t'a joué là, et gare à toi si l'on t'attrape !

— Mon Dieu ! mon Dieu ! s'écria Jeannot. Faut-il avoir du guignon ! que faire ! voyons, conseille-moi.

*
* *

Le compère se gratta l'oreille.

— Je ne voudrais certes pas, reprit-il, qu'un brave garçon tel que toi allât ce soir coucher en prison...

— Hélas ! mon Dieu ! répéta Jeannot, qui, à ce mot de prison, sentit ses jambes vaciller sous lui, et crut voir déjà le tricorne du gendarme se dessiner au tournant de la route.

— Voyons, du calme, mon cher. J'ai pour principe qu'on doit à l'occasion s'entr'aider, et peut-être y a-t-il un moyen de te sauver.

— Parle, parle, au nom du ciel !

*
* *

L'homme à l'oie interrogea encore une fois de l'œil les environs :

— Bon, dit-il, je ne vois personne.

Et baissant néanmoins la voix, comme pour plus de sûreté :

— Écoute, tu n'as qu'une chose à faire. Donne-moi ton cochon et prends mon oie. Je me compromets, je le sais, à mon tour ; mais, comme je connais par cœur les moindres sentiers, on sera bien malin si l'on me dépiste, et toi, tu pourras poursuivre ton chemin la tête haute.

Dans l'effusion de sa reconnaissance, Jeannot fit le geste de se pendre
au cou de son sauveur; mais celui-ci esquiva l'étreinte, en disant :

— Vite, vite ! un instant de retard peut tout perdre. Le garde cham-
pêtre lui-même est prévenu, et je l'ai aperçu, il n'y a pas longtemps,
rôdant de ce côté.

*
* *

Jeannot lâcha la corde de son porc, comme si elle lui eût brûlé les
mains, et saisit à bras-le-corps madame l'Oie.

Celle-ci eut beau se plaindre en son patois. Elle dut, coûte que coûte,
consentir à l'échange.

Le villageois, de son côté, se dépêcha de pousser le cochon, qui essayait
de faire le récalcitrant, dans un chemin creux situé près de là, et l'on
n'entendit plus parler de l'un ni de l'autre.

Jeannot, lui, continua sa route, en riant sous cape.

*
* *

— Ouf ! pensa-t-il, je l'ai échappé belle. Il n'y a que moi, vraiment,
pour me tirer d'embarras de cette façon.

Mon cochon était certes superbe ; mais je me demande si, après tout,
cette oie ne lui est pas encore préférable.

Outre le rôti de roi qu'elle réserve à ma bonne mère et à moi, il y a la graisse, à pleins pots, qu'elle donnera. De quoi se régaler plus de trois mois !

Et les plumes donc, des plumes lisses et soyeuses, à s'en bourrer tout un oreiller ! C'est si agréable de ne pas dormir la tête sur la dure !

Tout en se livrant à ces réflexions, le sieur Jean continuait allègrement son chemin, en homme qui n'a point peur qu'on l'arrête.

Pas le moindre gendarme ne se montrait d'ailleurs, et le garçon le regrettait presque, car cela lui eût fourni l'occasion de faire voir de quel air un gaillard qui se sent la conscience nette passe devant les porteurs de tricorne.

*
* *

Enfin voici le dernier village avant celui où demeure la mère de Jeannot.

Sur la place, près de la fontaine, qui vomit son onde claire par une bouche de lion emmanchée d'un tube, un rémouleur ambulant a installé sa brouette et son chien.

Les mains passées dans son sarrau de cuir raide et odorant, il crie son refrain de la rue, en regardant à droite et à gauche :

> Voilà le rémouleur,
> Dont la roue, à toute heure,
> Affile les couteaux,
> Repasse les ciseaux,
> Et aiguise les faux.
> Voilà le rémouleur ! . . .

Quelques bonnes femmes lui apportent leurs instruments ébréchés ; la machine entre aussitôt en mouvement.

La manivelle grince, la meule ronfle, la lame d'acier humide étincelle, et il faut voir aller le pied de l'aiguiseur, dont le gosier siffle et fredonne tour à tour.

*
* *

Jeannot s'arrête émerveillé de tant de prestesse et de bonne humeur. Puis, profitant d'une pause que fait l'homme, il lui souhaite le bonjour et lui dit :

— Ça va, l'ouvrage, à ce qu'il paraît ?

— Mais oui, mon camarade, pas trop mal. Un fameux métier que celui de rémouleur !... Toujours alerte et le cœur content.

...Mais, à propos, où as-tu acheté le beau brin de volaille que tu tiens là ? ma parole, je n'ai jamais vu rien de plus gras.

*
* *

— Mon oie ! fit Jeannot, je ne l'ai pas achetée ; je l'ai eue en échange d'un cochon.

— Et le cochon ?

— Je l'ai eu pour une vache.

— Et la vache ?

— Pour un cheval.

— Et le cheval ?

— Pour un lingot d'or aussi gros que ma tête.

— Et le lingot d'or, mon petit renard ?

— C'était le prix de sept années de service.

* *

— Ah ! coquin et finaud que tu es ! s'écria l'homme, en agitant son index sous le nez de Jeannot. Ce n'est pas à toi qu'il faut en remontrer. Veux-tu maintenant que je te dise une chose ?

— Jeannot fit signe qu'il était tout oreilles.

— Eh bien, il ne te reste plus qu'à te faire rémouleur, moyennant quoi, ton bonheur sera complet.

— Comment s'y prend-on ? demanda Jeannot.

— Oh ! ce n'est pas difficile. Il suffit d'une pierre à aiguiser. J'en ai justement une là, dont je ne me sers plus, ce qui ne l'empêche pas d'être un fier morceau de grès. La veux-tu ?

* *

Jeannot tendit la main aussitôt.

— Mais voyez-moi donc ce petit rusé ! s'écria le gagne-petit en éclatant de rire. Il sait bien que les rémouleurs, toutes les fois qu'ils fouillent dans leur poche, — l'homme en même temps fouilla dans la sienne, —

en retirent quelque beau jaunet comme celui-ci, ajouta-t-il en levant en l'air une pièce d'or neuve qui étincela magnifiquement au soleil.

Jeannot était devenu rouge de plaisir.

— Ecoute, reprit le tourne-meule. Je ne suis pas exigeant avec les amis. Donne-moi ton oie, et la pierre est à toi.

**

Il n'avait pas fini de parler que l'autre s'était dessaisi de son oie et emparé de la pierre magique, laquelle n'était qu'un vulgaire caillou que le scélérat de rémouleur avait ramassée sur la route.

Jeannot ne s'en alla pas moins débordant d'allégresse et se disant :

— Toujours un jaunet en poche, voilà ce que j'appelle une belle profession ! La fortune me gâte décidément, et je me demande si ma bonne mère voudra me croire, quand je lui raconterai cette suite de prodigieuses aventures.

**

Cependant le dernier colloque de Jeannot, près de la fontaine, n'avait pas rafraîchi la température, et notre aspirant rémouleur ne tarda pas à s'en apercevoir.

Depuis le matin il était sur ses jambes, et ses jambes commençaient à se fatiguer.

Son déjeuner d'ailleurs était loin ; il sentait la faim lui revenir, et la chose qu'il eût faite le plus volontiers, en attendant le plaisir de revoir sa mère, c'eût été assurément de dîner.

Par malheur, comptant sur sa vache laitière, il avait, on l'a vu, mangé en une fois le reste de sa monnaie. Force lui était donc de patienter jusqu'au soir.

Il avait d'autant plus de peine à se traîner qu'il se retrouvait, comme au début de son voyage, affligé d'un fardeau qui le gênait fort.

Sa pierre à aiguiser était presque aussi lourde que le lingot d'or. Tous les cent pas, Jeannot était obligé de s'arrêter, et il n'avait plus qu'une pensée unique, qui était celle-ci :

— Quel bonheur, mon Dieu! si je n'avais plus rien à porter du tout !

*
* *

Il venait de se répéter ces mots pour la vingtième fois, quand il aperçut un puits près de la route.

— Quand on ne mange pas, on peut au moins boire, dit-il en se dirigeant de ce côté.

Son premier soin fut de déposer sa précieuse charge sur le rebord du puits, après quoi il se pencha au-dessus du trou pour ramener à lui la corde du seau.

Mais, dans ce mouvement irréfléchi, il heurta légèrement la pierre qui se trouvait sur la margelle du bassin; ce fut, je crois, moins que rien, un tout petit frôlement de la manche de Jeannot, et, *ploump!* cela suffit pour que le caillou tombât avec fracas dans l'abîme.

Le garçon entendit le bruit de sa chute; il vit aussi le frémissement de la nappe d'eau où son aiguisoir venait de disparaître, et, dans sa joie, il sauta en l'air, agitant triomphalement son bonnet.

— Enfin, se dit-il, me voilà les mains libres! Merci, mon Dieu! de cette dernière grâce. Je vais donc pouvoir courir à mon aise! Mais quel veinard sans pareil je fais! Tout me vient à point, depuis ce matin! Trouvez-moi un homme aussi heureux que moi!

*
* *

Il fila d'une traite jusqu'à son village. Là, il se jeta au cou de sa bonne mère et lui raconta en riant aux éclats l'étonnante succession de coups de fortune qu'il avait eus en une seule journée.

La brave femme, heureuse de le revoir, n'en demanda pas plus long à son Jeannot, lequel vécut désormais auprès d'elle, et garda le surnom, mérité s'il en fut, de Jeannot–la–Chance.

FIN DE JEANNOT.

Corbeil. — Typ. et stér. Crété.

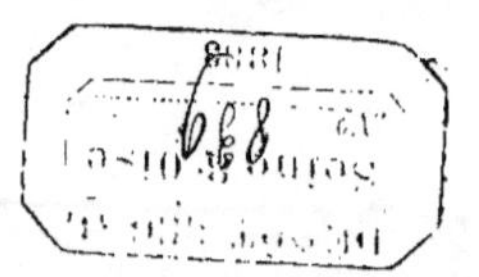